FAIRWAY

JACQUES MADINIER

ROMAN

© 2013, Madinier
Edition : BoD - Books on Demand
12/14 rond-point des Champs Elysées
75008 Paris
Imprimé par BoD – Books on Demand, Norderstedt, Allemagne
ISBN : 9782322034130
Dépôt légal : Novembre 2013

Quelques notes d'un saxo pleurnichard la tirèrent d'un sommeil profond qui n'avait pourtant duré qu'un moment. Son radioréveil affichait vingt heures. Une heure pour se préparer et filer au rendez-vous rue de Berri.

Jessie écouta distraitement la musique de jazz, s'étira languissamment et se leva. Ses longs cheveux châtains et sa silhouette élancée lui donnaient une allure de mannequin.

Cette pause l'avait remise en forme. Après une journée monotone dans le petit bureau sombre, elle avait besoin d'un sas de récupération pour passer à autre chose. Surtout les vendredis où cinq jours de travail consécutifs s'accumulaient.

Il y avait déjà six mois qu'elle avait accepté ce boulot intérimaire de secrétariat administratif. Des rédactions et mises au point de rapports et comptes-rendus où la technicité des termes l'emportait sur les effets de style et la poésie... Mais, bah !... Le plus pénible était ce rythme "neuftreize-quatorzedix-huit" tous les jours de la longue semaine. La sédentarité lui pesait. Et cet emploi, sans réelles responsabilités et initiatives, l'abrutissait. Elle avait beau se dire que c'était provisoire et se raccrocher à de vagues réponses qu'elle attendait par ailleurs, elle trouvait le temps long entre ces murs gris. Mais c'était ça ou le chômage pur et dur. Et elle n'avait pas les moyens de rester sans rémunération. Elle s'était toujours assumée, avec plus ou moins de bonheur, et tenait avant toute chose à son indépendance.

L'oisiveté, au sens de manque d'occupations, n'était pas son mode de fonctionnement. Elle recherchait dans une activité professionnelle, non seulement de quoi vivre financièrement, mais surtout une satisfaction de l'esprit, une sorte de plaisir d'être. Un épanouissement et non pas l'accomplissement obligé de tâches répétitives dont l'intérêt - s'il y en avait un - lui échappait.

Elle pensait souvent, et surtout ces derniers temps, à ses trois années passées à New-York dans la filiale américaine d'une société française de prêt à porter.

De secrétaire-traductrice, elle avait été rapidement promue responsable administrative des ventes. Ensuite, le siège parisien, l'avait fait revenir, lui proposant une situation de direction administrative et commerciale à l'export, car son charme naturel et sa spontanéité mettait son entourage à l'aise. Tout allait pour le mieux, lorsque le nouveau dirigeant de la société, auquel elle avait refusé ses faveurs, n'avait décidé purement et simplement de la virer pour ce crime de lèse-président. Il ne lui plaisait pas, et de toute façon elle n'admettait pas cette espèce de droit de cuissage.

Elle lui avait d'abord fait comprendre gentiment et poliment, puis avait été obligée de lui dire plus brusquement, un jour où il était allé trop loin. Une paire de claques et un coup de genou dans le bas-ventre avait mis bon ordre à sa gestuelle déplacée.

Aujourd'hui, elle était en procès avec la société pour licenciement abusif. Elle savait qu'elle ne gagnerait pas les dommages et intérêts qu'elle demandait, mais elle le faisait par principe.

À trente-cinq ans elle n'entendait pas qu'on lui manquât de respect. Surtout pas un employeur macho.

Cependant, depuis près d'un an, malgré ses excellentes références elle ne retrouvait pas une situation qui lui convienne. Après de vaines recherches, elle avait accepté quelques remplacements pour éviter d'entamer son petit capital, constitué grâce à ses excellents appointements précédents et dont elle avait judicieusement placé le reliquat, mais dont les intérêts ne seraient valables que dans cinq ans.

Sa nouvelle installation à Paris avait coûté. Même si ce n'était qu'un deux pièces en location, elle avait dû le meubler un minimum. La vente rapide de quelques meubles de son appartement new-yorkais en avait payé plus de la moitié. Le crédit avait complété. Maintenant, elle devait rembourser.

Bien sûr, les extras qu'elle faisait depuis quelques temps grâce à son amie Laurence l'aidaient à mieux vivre. Mais elle savait qu'elle ne continuerait pas longtemps ce genre de prestations.

Laurence et elle se connaissaient depuis une dizaine d'années. Elles s'étaient rencontrées lors du lancement d'une boutique de vêtements branchés dans l'Upper East Side. Laurence travaillait en free-lance pour un magazine people et couvrait toute la rubrique événementielle donnant à chaque lectrice l'impression d'être informée avant tout le monde. Laurence avait réalisé son rêve : travailler dans la « Grosse Pomme ». Aussi blonde que Jessie était brune, ses longues jambes galbées et sa démarche assurée faisaient se retourner la gente masculine, ce qui pour Laurence était devenu un véritable jeu !

C'est justement en croisant son regard ironique que Jessie avait compris l'effet que Laurence provoquait autour d'elle… Une bousculade et des verres renversés sur un plateau leur avaient fait prendre un sourire complice. Elles s'étaient découvert la même passion pour les fameuses lasagnes du *Sofia's* dans Little Italy et le canard laqué du fameux *Peking Duck House* dans Chinatown. Mais le milieu hypocrite et malsain avait déçu Laurence qui avait choisi de revenir à Paris.

Quelques années après, Jessie l'avait retrouvée à son retour des États-Unis. Laurence travaillait alors dans une agence immobilière et elle l'avait aidée dans sa recherche d'appartement à Paris.

Un soir Laurence lui avait téléphoné avec beaucoup de ménagement pour lui demander un service très particulier.

Elle expliqua qu'elle faisait partie d'un réseau privé, constitué de quelques restaurants et cabarets parisiens de luxe. Elle était une des quinze ou vingt jeunes femmes sélectionnées et bien rémunérées, dont le rôle était de tenir compagnie aux hommes d'affaires essentiellement, pendant leurs soirées dans ces établissements.

La plupart des sociétés sollicitaient ce type de prestations, facturées en plus des repas, lorsqu'ils recevaient d'importants clients provinciaux et surtout étrangers.

Le charme féminin, auquel leurs hôtes étaient sensibles, se révélait parfois un atout supplémentaire qui leur permettait d'amorcer ou de conclure agréablement et plus facilement une affaire.

Pour les restaurateurs, ce service-plus les aidait à fidéliser une catégorie de clientèle qui avaient les moyens - enfin ceux de leurs sociétés- et privilégiaient la qualité, sans regarder de trop près l'addition. Ainsi, chacun trouvait son compte.

Les jeunes femmes devaient être élégantes avec discrétion, avoir une culture générale suffisante pour la conversation et disposer de quelques soirées libres sur demande. Parler l'anglais était un plus. En pratique, il leur fallait aussi savoir se taire et écouter, sinon savourer les beaux discours de ces messieurs qui, très sérieusement accrochés à leur verre ballon de trois étoiles ou fine champagne, faisaient ou défaisaient le monde de la manière qui leur était la plus favorable.

Rien, ni personne n'interdisait à ces dames d'accepter d'autres propositions, mais ce n'était pas la finalité du service. Il s'agissait alors d'une question personnelle, réglée selon les goûts et affinités, quelquefois par la loi du marché qu'est l'offre et la demande, mais toujours avec tact et délicatesse... En tout état de cause, les prestations tarifées du réseau, s'arrêtaient à la porte de l'établissement.

Ce soir-là, au téléphone, Laurence lui avait expliqué qu'il manquait une convive. Celle prévue venait de faire faux bond au dernier moment.

Il s'agissait d'un dîner chez Justin Ferlot, le grand restaurant de la rue du Louvre.

Trois hauts fonctionnaires pakistanais étaient à Paris pour signer un important contrat de matériel ferroviaire. Ils étaient invités par le président de la société française, bénéficiaire du marché. Avec le directeur général et le directeur de l'exportation, le dîner devait réunir six hommes. Une seule présence féminine ne suffisait pas. Elle avait pensé à elle.

D'abord réticente, Jessie s'était laissé convaincre pour rendre service. Laurence lui avait juré qu'il s'agissait uniquement de dîner dans un bon restaurant en compagnie de ces hommes d'affaires. Sans qu'il soit question d'autres prestations, il lui serait remis une enveloppe avec la somme de trois cents euros en espèces.

La soirée se passa effectivement comme Laurence l'avait dit. Ce fut même presque agréable : le cadre et la fine cuisine de cet établissement de première catégorie, les convives étrangers et français s'étaient montrés très courtois, sans propos équivoques.

À l'issue de la soirée, un taxi l'avait ramenée à son domicile, il n'était même pas deux heures du matin.

Laurence pour sa part avait accepté que le président la raccompagne. Mais cela était son affaire...

Depuis cette première fois, elle avait participé à d'autres soirées de ce genre, plus par nécessité financière que par plaisir.

Toutes n'étaient pas aussi agréables.

Quelquefois, elle devait remettre à sa place, aimablement ou plus vivement, un de ces messieurs qui avait tendance à la prendre pour du bétail, dont il était le maquignon pourvoyeur ou acheteur puisque payeur. Ceux-là n'avaient qu'une obsession : après les plaisirs du ventre, ceux du bas-ventre. La soirée de Jessie était alors gâchée.

De toute manière, même si l'un des participants lui avait fait la cour d'une manière polie, elle n'aurait pas accepté une quelconque proposition et encore moins de coucher dans ces conditions. Son intégrité, un respect d'elle-même et une indépendance absolue l'en auraient empêché. De plus, elle était maintenant fidèle à Julien qui la comblait...

Aujourd'hui, Raymond Villié, un client du réseau l'avait demandé personnellement.

Le mois dernier, elle avait accompagné une soirée où il avait invité deux acheteurs vénézuéliens.

Sa société faisait du trading, comme il disait. Il exportait et importait dans un même pays ou pour des pays différents. Au passage, comme agent commercial, il empochait de substantielles commissions, les marchés traités se chiffrant par millions d'euros, de dollars, de florins ou autres monnaies.

Avec les vénézuéliens, elle avait compris que l'affaire traitée portait sur la fourniture de poutrelles métalliques pour un montant de trois cents mille dollars. Que cette affaire, liée à l'extraction du pétrole au Venezuela, était reconductible à raison de deux fournitures annuelles pendant un minimum de trois ans sur contrat ferme.

À la fin de cette soirée, Raymond Villié, très courtoisement, avait remercié Jessie et exprimé sa satisfaction d'avoir été en compagnie d'une belle femme, intelligente, cultivée, s'exprimant fort bien en anglais. Il émit le souhait qu'elle acceptât d'être présente lors de futurs dîners. Elle répondit alors évasivement sans le froisser. Elle voulait éviter les relations suivies avec les commanditaires de ces soirées.

Elle refusa donc tout d'abord d'assister au repas de ce soir organisé par le même Villié qui invitait cette fois des clients australiens. Finalement, devant l'insistance de Lydia, la secrétaire du réseau, elle finit par accepter.

Le dîner devait avoir lieu vers vingt et une heures au restaurant "*Le Clos Elyséen*" rue de Berri.

C'était le moment pour elle de se préparer. Elle avait toujours aimé arriver avant l'heure pour être la première à ses rendez-vous. Elle pouvait ainsi calmer son inquiétude et sa timidité face à ses interlocuteurs en affichant une sérénité que cette maîtrise feinte du temps lui permettait.

Elle sortit du bain, et entoura son corps d'une épaisse serviette éponge blanche. Assise devant le grand miroir aux spots indiscrets, révélateurs du moindre point noir, elle mit, par touches habiles avec un gros pinceau, de la poudre teintée sur son visage. Pour renforcer l'éclat de ses yeux verts, rendre plus mate sa peau brune. Ensuite, elle noircit ses longs cils et souligna d'un rouge vif l'ovale gourmand de sa bouche. Puis se levant, elle laissa choir la serviette qu'elle foula de ses pieds.

Elle fut satisfaite à la vue de son corps bien proportionné, aux formes parfaitement dessinées. Pas de maigreur, ni de bourrelets : juste des rondeurs où il fallait. Celles que Julien aimait à caresser et qu'elle aimait que Julien caresse. Elle se glissa alors dans un fourreau noir Yves Saint-Laurent qui mettait en valeur sa peau mate. L'espace d'un instant elle imagina Julien faisant descendre lentement la fermeture Éclair de sa robe et sentir son corps contre le sien prêts à s'aimer.

Émile Tournay propriétaire du "*Clos Élyséen*", dans son impeccable tenue blanche et sa toque de chef, accueillit lui-même Jessie. Ils prirent place dans les fauteuils profonds du salon-bar.

Devant son personnel, il aimait à s'entretenir avec une élégante et belle femme ou un personnage célèbre. C'était là un de ses privilèges de patron.

Il profita d'un instant où ils étaient seuls pour lui remettre discrètement une enveloppe. Elle remercia et l'enfouit dans son sac. Puis, ils burent une coupe de champagne à leurs succès mutuels.

Parmi les restaurateurs du réseau, il était un de ceux qu'elle préférait. Elle appréciait son tact et sa bonhomie, qui mettaient à l'aise. On était loin des clins d'œil pleins de sous-entendus de Roger Charpaux, le propriétaire du restaurant "*La Belle Rive*" dans l'Ile de la Jatte. Chaque fois qu'il lui remettait son enveloppe, en début ou fin de soirée, on aurait dit qu'il se rendait complice de quelque coupable besogne dont, elle, aurait dû avoir honte.

Un moment plus tard, Raymond Villié fit son entrée, accompagné de deux hommes assez grands et d'âges différents.

Jessie paria en elle-même qu'il s'agissait du père et du fils, tellement leurs traits et leur allure étaient semblables.

Villié vint au-devant d'elle. Cérémonieusement, il lui baisa la main et fit les présentations :

- Messieurs Willox, père et fils de Willox et compagnie à Sydney. Mademoiselle Jessie Danziler.

- John Henry Willox, fit le plus âgé, courbant la tête. Il serra la main que lui tendit Jessie.

- Eduard Henry... dit le fils, visiblement très décontracté.

Villié présenta également Émile Tournay aux deux australiens. Il le décrivit plaisamment comme une espèce de sorcier de la gastronomie française :

- Avec les produits les plus simples du terroir, leur dit-il, il est capable, grâce à ses sauces, assaisonnements et dosages dont il a le secret, de réjouir le palais des plus fins gourmets. C'est un artiste. Vous allez le voir, et surtout le goûter, dans ses œuvres...

Le repas se passa dans la bonne humeur. Les discussions portèrent sur la gastronomie française, l'Australie et l'Europe, avec comparaisons sur les genres de vie respectifs et stéréotypés de ces deux mondes si différents.

Vers minuit, après un excellent repas arrosé de bons crus millésimés, Villié proposa de les raccompagner. Il pria

Jessie de se joindre à eux, l'assurant qu'il la déposerait ensuite à son domicile.

Ils burent ensemble le dernier verre offert par les australiens à leur hôtel.

Lorsqu'ils les quittèrent, il était près de deux heures et elle avait maintenant hâte de rentrer.

Elle sentait Villié tendu depuis un moment. Avait-il quelque idée de prolongation derrière la tête ? Si tel était le cas, il allait être déçu.

Ils ne parlèrent pratiquement pas durant le trajet qui les séparait du Front de Seine, au domicile de Jessie rue Cujas.

Devant l'allée, il rangea sa voiture, arrêta le moteur, puis se retourna vers elle et dit :

- Jessie, j'ai une demande à formuler, cela ne prendra que quelques minutes... Il s'agit d'une affaire très personnelle et confidentielle... Enfin...

- Aïe ! Ça y est, se dit-elle. Le voilà qui va certainement commencer son numéro de charme.

Bon, elle lui accordait une question, mais une seule :

- Je vous écoute... mais je dois me lever tôt demain matin.

- Rassurez-vous, je serai bref !... Voilà. Au cours de notre précédente soirée, vous avez parlé golf avec l'un de nos invités vénézuéliens, comme ce soir avec Éduard Henry, le fils... Vous me semblez très intéressée par ce sport que vous pratiquez souvent, n'est-ce pas ?...

- Oui !... Actuellement, je suis inscrite au club "*Les Tournelles*" près de Chantilly... Si le golf vous tente, je connais d'excellents professeurs...

- Merci !... Il y a trois ans à peine, j'étais un assez bon joueur à ce sport : handicap 15, si cela vous dit... Je me suis arrêté de fréquenter les terrains de golf, mes affaires ne m'en laissaient pas le temps. Je le regrette et j'espère reprendre prochainement, car j'aime ce sport... Mais revenons à notre sujet. Aimeriez-vous jouer sur certains terrains... par exemple au Cap en Afrique du Sud, ou à Miami ?...

- Oui !... Pourquoi pas ?... J'ai déjà joué près de Miami... à New-York aussi... et dans d'autres pays. C'est un sport que j'ai plaisir à pratiquer partout où cela est possible... Mais... pourquoi cette question ? fit-elle étonnée.

- Et bien, je peux vous offrir la possibilité d'aller jouer au golf dans ces deux sites remarquables que je vous ai cités... Et vous me rendriez du même coup un très grand service. Si vous acceptez, non seulement vos voyages et séjours seront, bien entendu, entièrement payés, mais... comment dire... un... dédommagement, disons de huit à dix mille euros, vous sera versé. Et cela ne vous prendrait qu'une petite dizaine de jours...

Cette fois Jessie passa de l'étonnement à la surprise. Elle se demanda si Villié était sérieux. Ses lèvres n'avaient jamais été plus minces et il n'avait pas l'air de plaisanter. Mais alors, qu'avait-il derrière la tête et que signifiait cette proposition ? Qu'attendait-il exactement d'elle ?... Elle ne croyait pas aux cadeaux, et d'ailleurs n'en voulait pas. Ils se payaient toujours trop cher !... Et il ne fallait surtout pas qu'il la prenne pour une oie blanche.

Avant qu'elle ne réplique, il continua :

-... Cette proposition doit vous paraître étrange, mais écoutez-moi... et n'ayez aucune inquiétude... Vous n'aurez qu'à vous comporter en touriste. Une touriste qui joue au golf... Je ne vous imposerai même pas ma présence : nous ne voyagerons pas ensemble. Nous conviendrons seulement de deux ou trois rendez-vous sur place... Mais je vous donnerais plus d'explications si vous acceptez. Alors, si vous pouvez vous rendre libre prochainement, et si un tel programme vous intéresse... Réfléchissez et appelez-moi lundi à mon bureau ?

- Attendez !... Quels genres de rendez-vous aurons-nous sur place ? Et qui rencontrerons-nous au Cap ou à Miami ?... Et...

Il lui coupa la parole pour répondre très rapidement :

- Vous ne rencontrerez personne d'autre que moi, rassurez-vous, je tiens beaucoup à une discrétion réciproque !

- Mais enfin, quel sera mon rôle ? Car je suppose que vous ne m'offrez pas ces voyages et cet argent, uniquement pour me faire plaisir. Je préfère vous prévenir tout de suite : vos chances de séduction sont minces, sinon inexistantes... même sous d'autres cieux que... vous et moi... enfin, vous me comprenez... Ne le prenez pas mal, mais vous n'êtes pas mon type d'homme... et j'ai le partenaire qui me convient sur tous les plans...

Un léger rictus se dessina sur les lèvres minces de Villié.

Il fit un geste du bras, pour balayer ce qu'elle venait de dire.

- Écoutez, Jessie, bien que vous ne laissiez pas un homme indifférent, je peux vous assurer qu'il n'est pas dans mes intentions de vous conter fleurette lors de ces voyages... Il s'agit pour moi de mener à bien une affaire importante où je vous le répète votre seul rôle sera de jouer au golf !... Ne me demandez pas plus d'explications sur le genre d'affaires que je devrai traiter. C'est ma seule condition. Moins vous en saurez, plus vous serez efficace pour moi. Réfléchissez ce week-end... Seule de préférence. Je compte sur votre discrétion... Voici ma carte. Même si vous deviez me dire que vous n'êtes pas intéressée, j'attends votre appel lundi.

Bonne nuit !...

Jessie comprit qu'elle n'en saurait pas plus aujourd'hui et descendit de la voiture après avoir bredouillé un "bonsoir... à lundi".

Elle était abasourdie par ces propos assez inattendus de Villié.

Quel rapport y avait-il avec le fait qu'elle joue au golf et cette offre insolite ? Cela lui semblait bizarre de gagner une telle somme d'argent pour faire du tourisme et pratiquer son sport favori.

Elle décida de remettre au lendemain ses réflexions au sujet de cette proposition insolite. Néanmoins, son sommeil fut agité. Elle se réveilla souvent au milieu de rêves prenant parfois des allures de cauchemars : elle se voyait au ralenti dans l'immense salle de bains d'un palace surplombant l'océan. L'eau chaude coulait avec délice le long de son dos lui faisant tout oublier. Elle tendait son bras humide pour saisir son peignoir de bains, mais deux mains puissantes la tiraient hors de la douche et enserrait sa gorge avec la ceinture du peignoir. Elle se débattit avec tant de force qu'elle se réveilla, se retrouvant en travers de son lit, en sueur mais rassurée.

Cette nuit-là, Julien Montillac en avait assez.

Les sujets à photographier d'une façon originale ne l'avaient pas véritablement inspiré. Il était peu satisfait de lui. Son côté perfectionniste qui lui jouait encore un tour. Dans deux jours, le client verrait les premiers rushs et serait certainement satisfait, alors ça irait mieux.

Depuis plus de dix ans qu'il s'était installé, il restait un éternel débutant, fixant très haute la barre de qualité qu'il voulait atteindre.

Il était plus de deux heures du matin. Une heure à ne pas se poser de questions sur sa vie, surtout quand elle n'est pas si mal que ça.

Tout de même à quarante-deux ans, il aurait aimé un peu plus d'aisance financière. Bien sûr son métier le passionnait toujours, mais ce n'était plus comme quelques années en arrière.

Les super coups devenaient rares. Trois mois de reportages au States en 89 pour les éditions Nature et Voyages, le survol de Paris en hélicoptère pendant une quinzaine de jours l'année suivante pour une série de cartes postales. En 87, l'Autriche pour le Comité touristique de ce pays, et deux ans avant pour Planéta, le Brésil...

Aujourd'hui, il devait plus souvent se contenter de boulots classiques, qui nécessitaient beaucoup de temps en studio, peu en extérieurs ce qu'il préférait. Ses clients, des éditeurs, des agences de publicité et quelques industriels, étaient dans l'ensemble toujours plus exigeants, ce qui ne l'inquiétait pas trop, mais ils voulaient de moins en moins payer le bon prix. La crise avait bon dos. Et la chasse aux nouveaux clients n'était pas particulièrement son truc. Cela en passait par des côtés relationnels concrétisés souvent autour d'une bonne table. Or, déjeuner ou dîner avec des types qui parlaient essentiellement business était pour lui une suprême obligation : mélanger les affaires et les plaisirs gustatifs lui semblaient incompatibles et surtout manquer d'un savoir bien vivre. Il n'avait pas non plus les moyens de s'offrir un prospecteur commercial. Et il ne voulait pas, comme elle l'avait proposé, que Jessie lui donne un coup de main.

Jessie, c'était son domaine privé. Ne pas mélanger avec le professionnel, sinon ils ouvriraient ensemble une épicerie ! Même si, depuis deux ans qu'ils se voyaient très régulièrement, il avait apprécié parmi d'autres qualités plus personnelles et intimes, son sens de l'organisation, une bonne culture artistique et une grande ouverture d'esprit.

Il avait rencontré Jessie dans l'avion qui la ramenait de New-York, heureuse de son nouveau poste qui l'attendait à Paris.

Le hasard avait voulu qu'ils se trouvent l'un à côté de l'autre pour ce vol.

Pendant plus de sept heures, ils avaient eu largement le temps de faire connaissance et même confirmer une sympathie spontanée.

Il n'était pas resté insensible au charme de cette belle femme et s'était arrangé intelligemment pour lui faire comprendre qu'il aimerait la revoir. Comme il ne lui avait pas déplu, elle avait accepté. Sous un prétexte professionnel d'abord.

Elle l'avait présenté au responsable catalogue-produits de la société.

Pour la remercier, il l'avait invitée quelque temps après à une soirée, un samedi avec des amis.

Elle s'était trouvée bien chez lui, avec lui. Les amis partis, elle était restée jusqu'au lundi matin.

Depuis deux ans, ils passaient pratiquement tous leurs week-ends et jours fériés ensemble. Ils étaient même allés quinze jours en Californie, l'année dernière pour leurs vacances. Elle l'avait initié au golf et lui au surf sur l'océan.

En dehors de ces temps de loisirs, chacun conservait son indépendance. Chacun son chez soi, même si parfois - et de plus en plus souvent - l'un invitait l'autre, en semaine et sans prétexte particulier, pour le plaisir d'être ensemble.

Ils s'accommodaient fort bien de cette relation, qui les laissait libres sans manquer de sentiment. Ils verraient plus tard comment la vie ferait évoluer la situation. Ce qui leur importait avant tout était de s'aimer et se respecter.

À trois heures du matin il était rentré à son appartement et ne pouvait s'endormir, ressassant la lassitude que lui procurait son job.

Pour un peu, il l'aurait appelée. Une envie de la rejoindre. Mais elle aurait peut-être mal pris qu'il la réveillât à cette heure-ci.

Il se versa un bourbon, mit un compact de Stan Getz en sourdine et sombra un long moment après dans un sommeil profond.

Il était près de neuf heures quand il fut réveillé par le téléphone.

Il ne reconnut pas la voix qui le tutoyait en lui demandant de ses nouvelles. Connaissant les réactions et les susceptibilités de sa clientèle, il fit semblant tout de même de reconnaître son interlocuteur, jusqu'à ce que l'autre lui en dise plus.

26

Après quelques phrases échangées, comme il ne trouvait toujours pas qui était au bout du fil, il se décida à demander :

- Attendez !... Mais qui est-ce ?...

- Ben... Je suis René Lardet... de Planéta !... Tu te réveilles ?...

Pour ne pas le vexer et comme en plus c'était la vérité, il répondit :

- Oui... C'est pour ça que je ne t'ai pas reconnu. J'ai travaillé très tard cette nuit... Je suis encore dans la semoule... excuse-moi !

Au fond de lui, il pensa que ce Lardet était un imbécile et un prétentieux.

Il y avait plus d'un an qu'il ne l'avait vu ou entendu. Alors, reconnaître sa voix... Non mais pour qui se prenait-il encore celui-là ? En plus à la première heure samedi matin !...

- Julien, j'ai de bonnes nouvelles pour toi... Seulement, il faudrait te rendre libre une petite quinzaine de jours rapidement... Un reportage-photos comme tu les aimes : Pérou, Équateur avec autorisations d'entrées et prises de vues aux Galápagos... Pas mal hein ! ?...

Bien sûr, le déplacement était alléchant. Mais Julien ne se laissa pas prendre au piège de l'enthousiasme, qui parfois suffit à diminuer les honoraires et la considération. C'était aussi ça, l'expérience !

- Ouais !... c'est sympa d'avoir pensé à moi. Seulement, j'ai un planning chargé en ce moment et pour me libérer quinze jours...

Il laissa un temps, fit comme s'il consultait son agenda, puis questionna :

- Quand voulez-vous les premières épreuves ?

- Le plus tôt sera le mieux. Je t'avoue que nous avions déjà branché Bertrand Murez sur ce coup. Il connaît bien le pays. Il devait partir demain. Seulement, il s'est désisté pour un reportage longue durée en Extrême-Orient... L'idéal serait que tu puisses partir dans une semaine environ. Le temps de te briefer et les formalités de visas et autorisations à ton nom...

Ainsi ce chien de Lardet l'appelait en catastrophe. Peut-être avait-il même contacté avant lui d'autres confrères qui, devant l'urgence, avaient décliné l'offre.

En position de force, Julien décida d'en profiter quelque peu.

- Bon !... Je peux te rappeler dans une heure ou deux... Il faut que je m'organise... Quelles sont les conditions ?

- Voyages payés...business class... Frais réels comme d'habitude pour les séjours sur place... Honoraires... Entre quinze et vingt mille euros, en fonction de la qualité... Rappelle-moi le plus vite possible. Je dois absolument boucler cette affaire avant ce soir.

- Je te téléphone dans deux heures au maximum.

- O.K. ! A tout à l'heure !...

Julien avait déjà accepté. Néanmoins, il ne rappellerait pas tout de suite, et demanderait cinq mille euros de plus. C'était certainement encore moins que le tarif de Murez ! Alors pourquoi se gêner ?... En plus, il rendait un service à Lardet et pourtant il aurait aimé refuser. S'il travaillait moins avec Planéta, c'était bien depuis que celui-ci était entré comme directeur technique adjoint, et favorisait ses bonnes relations. C'était de bonne guerre, mais cela n'arrangeait pas Julien, qui n'en faisait pas partie...

Vers dix heures, il appela Jessie pour la mettre au courant de cette proposition.

Ils devaient se voir le soir même, mais il ne pouvait attendre.

Cependant son plaisir de lui annoncer cette bonne nouvelle se trouvait altéré. Il savait qu'elle déprimait dans son boulot de remplacement. S'il avait pu, il l'aurait emmenée. Tout comme lui, elle aimait les voyages et la découverte.

Il prit donc un ton neutre et comme obligé pour dire :

- Jessie, je dois partir prochainement pour un reportage... deux semaines environ...

- C'est très bien, tu dois être content, ça va te changer de tes prises de vues en studio ! Tu pars où ?

- Amérique du Sud... Pérou, Équateur, fit-il évasiment. Une commande pour Planéta... Bien payée. J'en ai besoin pour me renflouer un peu...

- C'est une double aubaine pour toi !... Quand est-ce que tu dois partir ?...

- Si nous nous mettons d'accord sur les conditions, dans une dizaine de jours au plus...

- Je crois que nous avons de la chance tous les deux en ce moment... J'allais t'appeler pour te faire part d'une proposition que l'on m'a faite hier soir... Un client de mes restaurants...

- Ah bon !... grogna Julien.

Il n'aimait pas beaucoup ces activités d'hôtesse de luxe, comme il avait dit quand elle lui en avait parlé pour la première fois. Mais après tout, elle était libre et même s'il était parfois un peu jaloux, il lui faisait une totale confiance.

- Oui... reprit-elle, on m'a proposé de me rendre avec un groupe d'études, comme traductrice et accompagnatrice... au Cap en Afrique du Sud, puis de là à Miami. En tout une dizaine de jours... J'hésitais, mais je crois que je vais profiter de ton absence pour partir dans la même période. En plus, c'est bien payé aussi. Je dois toucher huit mille euros pour ça, tous frais payés.

- Mazette ! C'est un groupe de millionnaires !...

- Non, je crois que ce sont des biologistes, des ethnologues et anthropologues.

Elle fut assez satisfaite de sa trouvaille. Un groupe de scientifiques à accompagner. Cela lui parut plus vraisemblable à annoncer à Julien que la vérité.

Si elle avait dit qu'on lui offrait le voyage, le séjour et les honoraires pour faire du tourisme et pour jouer au golf, il aurait eu du mal à la croire, et au mieux il se serait fait du souci. Comme d'ailleurs elle s'en faisait encore elle-même. Car elle venait seulement de se faire à l'idée de dire oui, à l'offre de Villié.

Avant que Julien ne l'appelle, elle hésitait encore. Son voyage à lui, avait joué le rôle d'un déclic qui l'avait aidé à prendre sa décision. Un dernier rempart à son acceptation lui fit cependant dire, plus pour elle-même :

- Enfin... je dois confirmer lundi, si j'accepte ou non. De toute façon, nous en parlerons ce soir... Je serai chez toi vers cinq heures. D'accord ?

- D'accord !... Je t'embrasse.

- Moi aussi.

Ce lundi de mi-novembre, malgré un environnement tout gris, Jessie avait du soleil plein la tête. Elle avait passé un merveilleux et tendre week-end avec Julien. De grasses matinées en siestes câlines, de dînettes improvisées en restos sympas, le temps n'avait plus compté.

Elle s'était faite progressivement à l'idée de son voyage pour Villié. De plus, Julien avait promis qu'à son retour et au sien, il s'accorderait quelques jours de vacances. Ils partiraient n'importe où, ou resteraient à Paris. Mais ils seraient tous les deux plusieurs jours, rien qu'eux deux. Cette perspective lui faisait chaud au cœur.

Elle profita de sa pause à midi pour appeler Villié et lui donner son accord de principe en attendant plus amples renseignements sur ces voyages qui restaient encore mystérieux pour elle.

Ils fixèrent un rendez-vous pour le soir même à son bureau des Champs Élysées.

Elle avait perçu à son ton, qu'il était satisfait de cette acceptation. Cela n'apaisa pas son inquiétude, car elle ne voyait toujours pas quel rôle précis elle serait amenée à jouer dans cette affaire qui, avait-il répété, était pour lui très importante.

En homme d'affaires bien organisé, Villié avait tout préparé minutieusement.

Il remit à Jessie une feuille de papier. Elle la déplia et vit tracé de la main de Villié une série d'indications qu'il commenta.

- Comme vous le voyez, ainsi que je vous l'avais dit l'autre soir, votre première destination est Le Cap, Afrique du Sud. Il reste à déterminer la date possible de votre départ. Quand pouvez-vous être disponible ?

Jessie ayant présumé que Villié lui poserait évidemment cette question, avait préparé sa réponse et décida de jouer la carte de la vérité, d'autant qu'elle présumait que cela ne pouvait qu'être favorable.

- Mon emploi temporaire arrive à échéance cette fin de semaine. Je peux partir au début de la semaine prochaine.

- Parfait !... Il y a un vol les mardis au départ de Londres par British Airways. En ce qui me concerne, je partirai par le vol de jeudi. Nous pourrons donc nous retrouver à votre hôtel au Cap "*The Bay Hôtel*", un palace sur la côte, dès samedi. Vous m'y attendrez vers quinze heures. Ah!... une précision : je m'occupe de toutes vos réservations hôtels. Par contre, achetez vous-même vos tickets d'avions selon ce que nous aurons convenu. Vous les réglerez ainsi que vos frais de séjours avec les cinq mille euros que je vais vous remettre.

Il continua sur un ton affairé et précis :

- Voyons la suite... Au Cap, nous nous reverrons dimanche soir. Lundi, en fin d'après-midi, vous prendrez le vol Varig à destination de Rio, et de là, un vol en correspondance pour Miami, où vous arriverez mardi soir. Nous nous rencontrerons alors, jeudi en fin de matinée au golf de Key Biscayne. Sur le plan pratique, aussi bien au Cap qu'à Miami, réservez une voiture à votre arrivée à l'aéroport. C'est plus sûr... et plus commode avec votre équipement de golf, pour vous déplacer dans ces métropoles...

Puis toujours sur le même ton, il enchaîna :

- A propos de golf, voici comment nous allons procéder. Tout d'abord, je vous remettrai à la fin de cette semaine une série complète de clubs. Vous emmènerez cet équipement pour jouer avec au Cap. À notre premier rendez-vous, je vous donnerai une autre série. Avant votre départ du Cap, je vous reverrai lundi à votre hôtel, et je vous expliquerai comment nous procéderons pour notre nouveau rendez-vous à Miami...

Il marqua un temps, la regarda et voyant son regard étonné, reprit :

- Tout cela peut vous paraître étrange... mais la réussite de cette opération dépend en partie de ces premières dispositions. Ai-je été assez clair dans ces principales indications ?... Si quelque chose vous ennuie ou même si vous voulez refuser, il en est encore temps. Nous en resterons là, puisque rien n'a été engagé. Par contre, si vous acceptez, je vous demanderai d'aller jusqu'au bout, sinon en cas d'échec, les conséquences seront graves pour moi... Le Consortium pour lequel je travaille ne fait pas de cadeau. C'est d'ailleurs pourquoi, pour votre sécurité, ils ignoreront notre accord et même jusqu'à votre existence... Encore une fois, je ne peux vous en dire plus...

- Bien que la finalité de cette affaire m'échappe, j'espère qu'il ne s'agit pas d'un traquenard dans lequel vous m'entraînez... Je tente l'aventure et j'en accepte les conditions. Je ne reviendrai pas sur ma décision.

- Bravo ! Vous ne le regretterez pas !... Il ne s'agit pas d'un piège et s'il est nécessaire que vous ignoriez le but de l'entreprise, c'est uniquement pour votre bien... Dès ce moment, je mets tout en œuvre pour la réussite, et vous remercie pour votre active participation.

Il plongea sa main dans le tiroir droit de son bureau et en ressortit une grosse enveloppe de papier kraft qu'il tendit à Jessie.

- Il y a là-dedans dix mille euros en espèces. Cinq mille pour vos frais et cinq mille en avance sur vos... disons... indemnités. Dès que vous aurez vos réservations fermes pour les avions, téléphonez-moi. Demain dans la journée, si possible. Nous nous reverrons vendredi vers dix-neuf heures, ici, pour les derniers détails. Cela vous convient ?...

- C'est parfait, articula-t-elle lentement, comme pour s'en persuader.

Maintenant qu'elle avait accepté, elle se sentait soulagée. Elle irait jusqu'au bout de cette histoire, si tant est qu'elle en découvre le bout. Peu lui importait d'ailleurs la finalité : la mission était intéressante et rémunératrice. Tant pis si elle était apparemment sans lendemain.

En cela, Jessie agissait là comme beaucoup d'entre nous aujourd'hui, qui saisissent les opportunités que leur présente la vie. Parfois hélas, sans trop réfléchir, courant ainsi souvent à leur perte, tel le poisson attiré par un leurre. Dans ce monde où des sociétés humaines se brassent, se cherchent et se mélangent, sans parvenir à trouver leurs marques, abandonnant leurs valeurs fondamentales et traditionnelles, les incertitudes du lendemain ont favorisé ces comportements. Mais vouloir vivre pleinement n'est pas répréhensible, même si parfois dans un égoïsme exacerbé chacun essaie d'avoir plus que l'autre, au mépris même du respect de cet autre. Dans cette course permanente au bien être, il vaut mieux regarder devant soi, sans tomber, car, dans ce cas, on est plus sûr d'être piétiné que relevé par une main secourable.

Après sa visite chez Villié, elle ne voulut pas rentrer directement chez elle.

Elle n'avait aucune envie de se trouver seule, face à ses pensées. Un brin d'angoisse l'empêchait d'être pleinement satisfaite. Villié s'était pourtant montré rassurant, mais elle doutait encore de sa sincérité et de son honnêteté.

Après tout, elle ne le connaissait pas. Et puis, si elle était autant payée pour ce boulot, c'est qu'il comportait certainement des risques qu'elle n'arrivait pas à discerner.

Elle était partagée entre deux attitudes : soit tout ignorer, rester dans le flou, jouer le rôle qui lui était attribué et empocher l'argent, soit essayer de découvrir l'affaire cachée dans ce qui lui était demandé. Son esprit curieux et son comportement direct habituel, l'incitaient à prendre la deuxième option. Mais, si elle ne savait pas encore comment agir pour cela, elle n'ignorait pas qu'elle devrait le faire avec la plus grande prudence, les risques n'étant pas mesurables.

Elle s'assura par téléphone que Julien était à son studio.

Une demi-heure plus tard elle se jetait dans ses bras.

Elle n'attendit pas qu'ils soient tous deux à l'appartement, et sans pudeur, avec un grand besoin de tendresse et d'amour, elle voulut qu'il la prît là, au milieu de son capharnaüm photogénique.

Dès le lendemain matin, Jessie se rendit dans une agence de voyages et effectua ses réservations fermes pour les avions. Ses billets en poche, elle téléphona à Villié pour confirmer les jours et heures de départs et arrivées au Cap et à Miami.

Il nota tout soigneusement et la remercia. Il s'occupa ensuite rapidement de ses propres réservations. Ayant fait, il passa une série de coups de téléphone pour le moins mystérieux.

D'abord à Zurich où sa conversation fut brève, limitée à quelques mots auprès d'un interlocuteur qu'il obtint directement par le numéro spécial qu'il composa.

Sans s'annoncer, il dit :

- Début de l'opération, jeudi en huit. Retour samedi de la semaine suivante.

Au bout du fil, la réponse fut toute aussi laconique :

- O.K. Contactez qui vous savez.

Puis, il raccrocha.

Villié composa alors un numéro à Johannesburg.

Il demanda Monsieur Andrews de la part de Peter.

Lorsqu'il eut son correspondant, il ne fut guère plus loquace que précédemment, se contentant de dire :

- Ici Peter. Je serai chez vous vendredi semaine prochaine à sept heures le soir.

- O.K. ! Bien compris, répondit l'autre.

Et ce fut tout.

Il téléphona encore pour diverses réservations d'hôtels pour lui et Jessie.

Comme il était près de dix-sept heures à Paris, sur la côte est des États-Unis il était onze heures du matin.

Il appela alors un numéro à New-York.

- Monsieur Harry Wiltran, demanda-t-il. Raymond Villié.

Dix secondes plus tard la voix nasillarde et forte de Wiltran résonnait à son oreille :

- Hello Ray ! Comment allez-vous ?

- Bien. Je serai dans deux semaines à Miami pour la livraison convenue. Vous pourrez me joindre à l'hôtel Marriott. Nous fixerons le lieu précis de notre rendez-vous. J'attends

40

votre appel dans deux semaines, mercredi après midi. N'oubliez surtout pas le règlement... Au revoir.

- O.K. Je n'oublierai pas. À bientôt.

Villié avait rencontré Harry Wiltran pour la première fois, il y avait plus d'un an. Cette fois-là, il avait eu le bon rôle. Leur transaction s'était passée à Francfort : l'échange s'était effectué discrètement au pied de la Main Tower qui n'avait rien à envier à l'Empire State Building. Wiltran était venu de New-York avec un petit million de dollars puis avait dû se débrouiller pour ramener quelques paquets chez lui, aux États-Unis.

Pour Villié, remettre l'argent à la banque suisse du Consortium avait été un véritable jeu d'enfant : un simple petit déplacement de Francfort vers Zurich. Cela lui avait pris une matinée.

Aujourd'hui, c'était une nouvelle donne. Non seulement il fallait qu'il récupère la marchandise en Afrique du Sud, mais il devait aussi l'acheminer aux States, puis rapatrier l'argent à Zurich. Et cette fois-ci "ils" avaient décidé de miser gros : la transaction portait sur deux millions de dollars. D'accord, il toucherait une belle somme pour sa peine : cent cinquante mille dollars environ. Ce qui lui laisserait un net d'au moins cent mille euros après déduction des divers frais. Pas mal pour quelques jours d'un boulot qui, grâce à son ingéniosité pouvait être à risque minimum...

Il faisait confiance au Consortium. Ceux qui le dirigeaient n'étaient pas des amateurs. Ils savaient se faire respecter, et respectaient leurs engagements. De plus, ils ne traitaient pas avec n'importe quel fournisseur ou client. Chaque fois qu'il avait travaillé avec eux, il avait apprécié leur professionnalisme et leur régularité. C'est pourquoi il pensait qu'être leur intermédiaire, c'était jouer sur du velours. Des affaires comme celle-ci, il ne demandait qu'à en réaliser plusieurs par an !

En fin d'après-midi, il se rendit dans la grande boutique spécialisée golf du boulevard Pereire.
Sans hésiter, il acheta deux séries complètes de clubs parmi les meilleures : une "*Ping*", une "*Callaway*". Avec les sacs appropriés pour le jeu et pour le voyage.

Il prit aussi des grips de remplacement, quatre boîtes de balles, une paire de chaussures cloutées et un chapeau pour lui.

Le vendeur, heureux de cette bonne affaire, vite menée, lui fit cadeau d'un parapluie et de deux petites serviettes éponges pour compléter sa panoplie.

Ils n'avaient pas vu passé leur samedi après-midi. Tout à se savourer, plus que d'habitude, avec cependant une retenue angoissée, comme s'ils devaient se quitter pour très longtemps.

Chaque fois que l'un faisait une tentative courageuse pour se lever du lit, l'autre trouvait le moyen tendre pour l'en dissuader, gagnant immanquablement. Ils répétèrent maintes fois ce jeu pour oublier le temps.

Mais l'avion de Julien décollait dans moins de trois heures.

Rapidement, elle l'aida à boucler ses bagages et ils prirent la route pour Roissy.

Jessie avait tenu à l'accompagner. C'était toujours quelques moments supplémentaires ensemble, avant cette séparation qui la troublait. Pourtant, elle était contente qu'il parte pour ce reportage ; elle savait qu'il aimait ça. Son malaise venait plutôt de son voyage à elle. Elle se reprochait d'avoir menti à ce sujet et se promettait de lui dire la vérité à son retour.

La veille, Villié lui avait remis une série toute neuve de clubs "*Ping*". En même temps, il avait fait ses dernières recommandations très succinctes.

Elle devait simplement jouer le plus possible avec ce nouveau matériel au Cap, où il la retrouverait comme convenu samedi à son hôtel.

Rien qui puisse la mettre sur une piste en ce qui concernait la finalité de l'affaire. Elle ne croyait évidemment pas une seule seconde qu'elle fût envoyée si loin…pour essayer du matériel de golf !...

- Au revoir ma chérie ! Sois prudente avec tes scientifiques millionnaires, lui dit Julien, avec un sourire tendre mais un peu ironique, avant de l'embrasser une dernière fois.

- Je le serai, sois tranquille !... Il n'y a aucun risque, fit-elle, comme pour se rassurer elle-même.

- Avec les millionnaires, on sait jamais !... Au revoir !

Elle le regarda s'en aller jusqu'au bout du long couloir. Quand il disparut à ses yeux, elle déglutit pour faire disparaître la boule qui la serrait.

Étrangement cependant, elle se sentait soulagée. Elle était seule maintenant, face aux impondérables liés à ce contrat et elle savait cette solitude nécessaire pour penser et agir librement.

Malgré tout, les deux jours qui suivirent le départ de Julien furent vides et les heures n'en finissaient pas d'égrener de trop longues minutes. Elle avait hâte d'être au mardi, afin que son action commence réellement. Souvent, elle trompa le temps, faisant et refaisant ses bagages, hésitant sciemment sur l'une ou l'autre tenue à emporter.

La veille de son départ, elle écrivit une lettre à Julien où elle exposait les réelles circonstances - enfin celles qu'elle connaissait - de son voyage.

Elle nommait Villié, donnait son adresse, les destinations qu'elle devait prendre et expliquait également ignorer le vrai motif de ses déplacements.

Elle s'excusait aussi de son petit mensonge et lui en demandait pardon.

Elle avait longuement hésité avant d'écrire à Julien, sachant assumer seule les risques qu'elle prenait, mais cette ultime précaution lui sembla nécessaire : trop de points restaient obscurs dans cette affaire.

Écrire cette lettre la tranquillisa.

Ainsi, s'il lui arrivait quoi que ce soit, Julien serait prévenu, et saurait comment et auprès de qui agir. Il était la seule personne à qui elle pouvait confier cela. De toute manière, si tout se passait comme prévu, elle serait de retour avant lui et elle pourrait récupérer sa lettre.

Tel un geste d'au revoir ou d'adieu, elle posta sa lettre dans le hall de l'aéroport.

Dix minutes plus tard, elle embarquait pour Le Cap, Afrique du Sud.

Du soleil dans un ciel bleu sans tâche et une agréable brise du sud attendaient Jessie à son arrivée au Cap.

L'été austral semblait avoir de l'avance en cette fin novembre. Elle apprécia cette différence avec l'Europe hivernale, quittée seulement quelques heures plus tôt !
Ce changement lui fit oublier la légère fatigue du vol.

Elle loua une voiture ainsi que Villié lui avait recommandé et se rendit à son hôtel, évitant habilement de passer par le centre ville.

En moins d'une heure elle atteignit Camps Bays, l'une des plus belles plages de la côte Atlantique du continent africain.
Face à la plage, elle repéra sans difficultés le *"Bay Hôtel"* où elle avait sa chambre, ou plutôt une suite, tant elle la trouva grande pour elle toute seule.

Du balcon, elle s'attarda à contempler la superbe vue sur l'océan que fermaient les collines toutes proches.

Elle décida de ne pas se rendre au golf ce premier jour, curieuse avant tout de découvrir la ville du Cap. Rien ni personne ne lui avait interdit de se comporter comme une touriste, au contraire même.

Deux heures après elle reprenait la route côtière. Elle traversa la banlieue résidentielle de Sea Point et arriva bientôt au centre ville du Cap, le "City Bowl". Ce centre historique entre la « Company's Garden » le quartier des Jardins et le Parlement était situé autour du quartier d'affaires « Cap Town City ».

Elle abandonna son véhicule dans un parking gardé, pour lui préférer le "tuk-tuk", ce minibus à trois roues, aménagé à partir d'une moto, dans lequel peuvent prendre place cinq à six personnes. Elle visita ainsi la ville par ce moyen de transport original, puis se rendit à la Montagne de la Table par un autre bus qui l'amena au téléphérique.

La ville du Cap et ses proches environs lui plurent et la détendirent. Elle n'avait qu'un regret : ne pas partager cette découverte avec Julien. Il lui manquait, pour cela, et pour d'autres raisons plus intimes...

Le lendemain, tôt le matin elle prit le chemin du golf.

Consciencieusement et avec un certain plaisir, elle fit le parcours du magnifique dix-huit trous en trois heures et demie avec un score honorable de quinze au-dessus du par.

La série donnée par Villié lui convenait parfaitement, et elle se promit d'améliorer son résultat la prochaine fois. Ce qu'elle fit le vendredi.

Samedi, peu après trois heures dans l'après-midi, la réceptionniste de l'hôtel lui annonça qu'un Monsieur Smith la demandait. C'était Villié.

Comme convenu, elle le reçut dans sa chambre. Il voulait de la sorte, éviter qu'on ne les voie ensemble.

Leur entretien fut assez bref.

Il lui donna une nouvelle série de clubs, des *"Callaway"*, recommandant de les utiliser le jour même si possible. Il la reverrait lundi matin avant son départ et toujours à l'hôtel.

Bien que pressé, il semblait détendu et assura que tout était conforme, pour l'instant, à ce qu'il avait envisagé.

Il partit en emmenant la série des *"Ping"* avec laquelle elle avait joué ces deux jours.

Après la visite de Villié, elle retourna au golf.

Elle croyait fermement qu'il allait se passer quelque chose, qu'elle ne pouvait cependant définir, tandis qu'elle effectuerait son parcours. Elle le souhaitait tellement qu'elle ne pensait qu'à ça. Elle eut même parfois l'impression d'être suivie.

Elle réalisa un assez mauvais score, n'étant plus concentrée dans son jeu. Elle fit même deux sockets, ce qui ne lui était pas arrivé depuis longtemps. Son petit jeu fut des plus imprécis : elle manqua des putts faciles, tellement elle était tendue. Sur la fin du parcours, elle s'en voulut de jouer dans une aussi mauvaise condition psychique. D'autant plus que rien ne se produisit.

Elle quitta le golf, déçue et de plus en plus intriguée.

Ce manque d'événement concret ne lui convenait pas. Elle aurait aimé avoir à en découdre avec un adversaire. Mais cet adversaire existait-il seulement ? Qui avait-elle en face d'elle, sinon Villié ? Et qui cachait-il derrière le mot "Consortium" ?

Elle arriva à se calmer, se disant qu'elle n'avait qu'à prendre le meilleur de cette aventure, sans trop chercher à s'en expliquer la finalité et les raisons. Elle était dans un site agréable, il faisait beau et elle disposait de suffisamment d'argent pour en profiter. Bien sûr, Julien aurait été présent, elle en aurait eu que plus de plaisir. Mais bon...

Elle se concocta alors un véritable programme touristique pour la dernière journée qu'elle devait passer au Cap, sans oublier pour autant sa mission.

De très bonne heure le matin elle se rendit au golf. Il n'y avait encore personne sur le parcours. L'air frais aux senteurs fleuries et le calme la détendirent. Elle réalisa son meilleur score sur ce dix-huit trous, terminant seulement avec douze au-dessus du par. Cet excellent résultat pour elle, compensait celui de la veille et lui redonna de l'influx nerveux et confiance en elle.

De retour à l'hôtel, après un copieux petit déjeuner composé de jus de fruits frais plus colorés les uns que les autres et d'œufs pochés à la tomate et aux champignons. Elle se baigna dans l'océan. L'eau encore fraîche, en cette fin de printemps austral, et les grosses vagues qui la drossaient sur le rivage de sable, agirent comme un vigoureux et tonique massage. Elle était heureuse de vivre pleinement ces moments de détente.

En fin de matinée, elle prit la route pour le Cap de Bonne Espérance, cette pointe sud de l'Afrique. Elle longea la côte par l'admirable Chapman's Peak Drive, puis obliqua sur False Bay. Près de Muizenberg, elle eut la chance de voir non loin du rivage deux baleines qui faisaient l'attraction des baigneurs nombreux en ce dimanche. Elle s'attarda encore dans la réserve naturelle où elle put admirer les fleurs sauvages qui la décorent, et que survolent à basse altitude, des milliers d'oiseaux aux plumages multicolores.

Lundi matin vers onze heures, alors qu'elle achevait de boucler ses valises, le même Monsieur Smith -alias Villié- se fit annoncer.
Il la rejoignit peu après dans sa chambre. Il lui rendit la série *"Ping",* en échange de la série *"Callaway".* Mais cette fois, il lui recommanda ou plutôt exigea, de ne plus jouer avec.

De toute manière, lui dit-il "elle n'en aurait pas le temps" : ils devaient se rencontrer dès jeudi matin, au golf de Key Bicsayne à Miami.

Puis, il précisa :

- Je serai au départ du trou numéro treize et vous attendrai. C'est le plus long : un par 5 de plus de quatre cents mètres. Venez me rejoindre directement, avec ces clubs, sans jouer auparavant. Disons à onze heures le matin. S'il devait y avoir un changement, je vous contacterai à votre hôtel. D'ici là, faites bon voyage.

Lorsqu'il fut parti, elle examina soigneusement la série "Ping" qu'il venait de lui rendre.

Elle ne vit rien de particulier : c'était bien les mêmes clubs avec lesquels elle avait joué deux jours avant.

Il faisait plus chaud à Miami qu'au Cap et ce long voyage l'avait fatiguée. Elle regrettait d'avoir fait uniquement une escale technique de correspondance à Rio. Passer aussi près, et ne pas s'arrêter pour visiter et séjourner dans cette cité que l'on dit "merveilleuse", lui semblait manquer de savoir-vivre ! Elle se promit de revenir une prochaine fois, avec Julien de préférence.

Elle connaissait assez bien la région pour avoir fait plusieurs séjours à Miami Beach, aux Everglades ou encore aux Florida Keys. Ces dernières îles ayant sa préférence pour leur charme sauvage et naturel.

Le jour déclinait, lorsqu'elle quitta l'aéroport international au volant d'un superbe cabriolet qu'elle avait loué. Elle roula directement vers Miami Beach, ne désirant pas s'attarder dans le centre.

La ville commençait à s'illuminer et se reflétait tremblante dans l'eau de la baie. En franchissant la Biscayne Bay par le Mac Arthur Causeway, le soleil couchant dans le rétroviseur n'était qu'une boule de feu qui par moments l'aveuglait. Devant elle, les façades des hôtels et buildings de Miami Beach se dressaient, plus éclairées les unes que les autres de leurs néons multicolores.

 Elle prit la 5éme rue, tourna sur Collins Avenue, et ne tarda pas à repérer l'hôtel *"Eden Roc"* où Villié avait réservé pour elle. Comme dans la plupart de ces palaces américains, elle eut un service de classe V.I.P. Sa voiture prise en charge, ses bagages furent avant elle dans la chambre qui donnait sur l'océan. Elle se fit servir un repas léger, et ne tarda pas à s'endormir, sans penser à son programme du lendemain qui risquait d'être chargé pour un jour de repos.

Harry Wiltran quittait son somptueux bureau de Park Avenue, lorsque Jenny, sa secrétaire, le rattrapa vers l'ascenseur afin de lui annoncer que Monsieur Édouard Tanberg l'appelait personnellement de Zurich. Harry fit une grimace en même temps que demi-tour. Il n'aimait pas ça. Si Tanberg, le numéro deux du Consortium, se donnait lui-même la peine de téléphoner, ce n'était certainement pas pour lui apprendre une bonne nouvelle.

Il fit patienter quelques secondes pour se détendre. Puis, il se fit passer la communication et d'une voix au ton faussement décontracté :

- Ed, comment allez-vous ?

Contrairement à son attente, Tanberg fut presque agréable :

- Bien, vous aussi j'espère ! Je suis navré de vous déranger. Une simple confirmation pour notre affaire en cours avec Villié. Vous a-t-il fait connaître le jour et le lieu de l'échange prévu cette semaine ?

- Et bien... je dois le rencontrer jeudi prochain, à Miami. Avant, je l'appelle à son hôtel, le Marriott, la veille dans l'après-midi, pour savoir le lieu précis et l'heure de notre rendez-vous... C'est tout ce que je sais pour l'instant. Il y a un changement de programme ?...

- Non, je tenais seulement à m'assurer que tout était bien en ordre... Aucun ennui de notre côté !...

- Aucun ici non plus... Je m'occupe personnellement de cette affaire et les responsables du pool m'ont remis les liquidités nécessaires.

- Et bien c'est parfait. Je vous souhaite bon voyage.

En raccrochant Harry était soulagé, mais un peu d'inquiétude lui restait. C'était la première fois qu'au cours d'une transaction un membre du Consortium l'appelait. Manquaient-ils de confiance ? Et si oui, en qui ? Il avait cru bon de les tranquilliser en parlant des fonds qu'il avait là, tout près.

Il se leva, et pour se rassurer, ouvrit le coffre-fort dissimulé derrière un authentique Aubusson. Il en retira une sacoche de cuir, qui contenait deux gros sachets de kraft ordinaire. Il les ouvrit tous deux, palpa avec plaisir les liasses de billets verts : deux millions de dollars ! De quoi se faire de beaux jours ! Un instant, il se prit à rêver que cet argent lui appartenait, puis bien vite, il remit tout en place et ferma le coffre pour chasser rapidement cette pensée folle et dangereuse.

Tout ce fric appartenait à l'Organisation qui le lui avait confié pour ses transactions avec le réseau.

Selon ses calculs, lorsque la marchandise serait écoulée, la mise serait triplée. Là-dessus, il toucherait une commission intéressante qui lui permettrait de maintenir son confortable train de vie ! Alors pas question d'avoir la folie de prendre tout le pactole en une seule fois. Les représailles inévitables seraient terribles. Même si son confort dépendait en partie de l'Organisation et son réseau dont il était l'un des maillons, il préférait cette quasi-sécurité à une complète indépendance trop pleine de risques. Pourtant dans sa tête mûrissait un plan qu'il mettrait peut-être en pratique un de ces prochains jours.

Il pensait à tout ça en descendant au parking de l'immeuble. Et il se disait aussi qu'après-demain matin, il prendrait l'avion pour Miami. Que trois jours en Floride au soleil, était un programme à court terme qui lui faisait dire que la vie est belle.

Belle comme Betty, sa dernière conquête, qui devait l'attendre pour déjeuner.

Il se la représentait dans son penthouse à lui, au trente-deuxième et dernier étage d'un des plus luxueux immeubles sur la Cinquième Avenue, pas loin de Bryant Park. De la terrasse circulaire vitrée, ils contempleraient alors tout Manhattan, où seul Central Park contrastait par ses taches de couleurs automnales, dans ce paysage camaïeu gris d'une journée froide qui sentait déjà l'hiver.

Lorsqu'il eut terminé sa conversation téléphonique avec Wiltran, Édouard Tanberg esquissa un sourire de satisfaction, ce qui était rare chez lui. Il avait obtenu les renseignements qu'il souhaitait tout en évitant de poser formellement des questions qui auraient pu éveiller des soupçons et risquer de compromettre le bon déroulement de son plan.

- Tout est O.K. ?... demanda pour la forme, le gros Lassaigne avachi dans un des profonds fauteuils de cuir qui faisaient face au bureau de Tanberg.

- Oui ! Prépare-toi à partir demain pour Miami. Villié sera au Marriott. Tu le perds pas de vue. Le rendez-vous doit avoir lieu jeudi. À toi de jouer lorsqu'ils seront tous les deux. En douceur, comme d'habitude. Sans laisser de traces : l'Organisation ne doit absolument pas se douter de notre intervention.

- O.K. Fais-moi confiance !... dit-il, déployant sa volumineuse carcasse pour se lever.

Il tendit sa grosse main à Tanberg qui, la négligeant, se leva à son tour pour l'accompagner vers la porte et lancer :

- Je te fais confiance, et c'est bien pour ça que nous te payons... Rendez-vous ici dans cinq jours. Si tout s'est bien passé, grâce à ça, tu pourras prendre de belles vacances au volant de ta nouvelle Mercédès...

Lassaigne sortit. Tout son être volumineux était maintenant tendu vers sa mission. Son fonctionnement était à l'image de celui d'un chien de chasse. D'ailleurs, comme l'animal, il avait voué depuis plusieurs années une fidélité sans faille à son maître, Édouard Tanberg. Celui-ci pouvait tout lui demander : il en avait fait son exécuteur des basses œuvres ainsi que son garde du corps.

Officiellement, Gilbert Lassaigne était Chargé de Mission technique dans l'entreprise de nettoyage industriel que dirigeait Tanberg. Il inspectait et supervisait parfois les chantiers et avait sous sa responsabilité le matériel et le parc véhicules de la société. Sa forte corpulence lui donnait une autorité sur le personnel. Elle compensait son intelligence très moyenne, qui lui permettait de ne pas trop se poser de questions dans ses rapports avec Édouard le patron, qu'il tutoyait en souvenir du partage d'une cellule, où ils s'étaient connus. Tous deux, à l'époque pour des raisons différentes, habileté pour l'un, chance pour l'autre, avaient bénéficié de non-lieu après un court séjour derrière les barreaux pour des affaires financières quelque peu louches…

Lassaigne prit un vol direct pour Miami.

De son bureau, la veille il avait réservé sa chambre au Marriott. C'était le point de passage obligé pour entrer en contact avec Villié qu'il n'avait jamais vu. D'ailleurs, cela lui ôtait tous les scrupules qu'il eût pu avoir s'il l'avait connu, et ne pouvait que faciliter l'accomplissement de la mission délicate confiée par Tanberg.

Quand il débarqua à Miami, il supposa que Villié n'y était pas encore, mais qu'il allait certainement louer une voiture à son arrivée. Il fit alors rapidement le tour des officines de location de l'aéroport international. La chance fut avec lui : à la sixième agence, il vit au planning mural du comptoir, une fiche de réservation portant le nom de Villié, la date du jour, suivie des deux lettres BA en majuscules.

Trois vols européens étaient annoncés dans les prochaines heures de cette journée : Air France en provenance de Paris vol AF 127, British Airways de Londres vol BA 615 et... Il ne chercha pas plus : les deux lettres après la date sur le planning signifiaient British Airways.

Villié allait donc arriver par ce vol dans un peu plus d'une heure.

Il alla tout d'abord louer un véhicule dans une autre agence, puis revint attendre discrètement près de celle où Villié était inscrit. Sa patience fut payante. Lorsqu'il vit l'employé enlever la fiche et préparer le contrat pour un homme, il s'approcha et sut qu'il s'agissait de Villié au signalement que lui en avait fait Tanberg : grand, assez mince, cheveux bruns très courts et le visage halé du parfait homme d'affaires ! Il ne pouvait pas faire d'erreur.

Il fonça alors au Marriott. Là, dans le hall, il attendit encore la venue de Villié. Simple confirmation. Celui-ci arriva peu après : il ne s'était pas trompé. Le repérage de l'homme était réussi. Il ne lui restait plus qu'à passer à la suite de son programme.

L'installation d'un micro hyper sensible, -merveille de l'électronique suisse- fut pour lui un travail de routine, dès le lendemain matin lorsque Villié s'absenta de sa chambre, il profita des allées et venues de la femme de chambre.

Vers dix-sept heures, le même jour, lorsque le téléphone sonna dans la chambre de Villié, Gilbert Lassaigne eut alors tous les renseignements qu'il souhaitait. Il ne douta pas une seconde que l'interlocuteur fut Harry Wiltran, d'après le bref dialogue de Villié :

- Demain, onze heures au golf de Key Biscayne. N'entrez pas par le club house. Continuez la route qui longe le golf. Cinq cents mètres plus loin, sur votre droite il y a un grand panneau publicitaire pour Crandon Park. J'ai vérifié ce matin même. Stationnez près de ce panneau. Ensuite, pénétrez dans le bosquet en direction du parcours. Je serai dans la clairière, près du fairway. À demain. Soyez à l'heure, c'est très important !

Le gros Lassaigne fut quelque peu étonné de ce rendez-vous insolite. Il eut une expression béate et, en même temps, admirative.

Il devait se rendre sans tarder sur les lieux, afin d'établir sa stratégie pour le lendemain, où devaient se rencontrer les deux hommes.

Il constata sur place que tout était comme il avait entendu Villié l'expliquer à son interlocuteur téléphonique.

Il marcha une centaine de mètres. Après le bois, la route faisait un coude à droite. Il pourrait facilement stationner là sans trop faire remarquer sa voiture, car l'endroit était plutôt désert. Revenant sur ses pas, il repéra en contrebas de la route, face au panneau publicitaire, une cabane en planches. Après l'avoir inspectée, il jugea qu'elle ferait une cache idéale.

Lorsque Jessie se réveilla de son long sommeil, le soleil inondait sa chambre.

Physiquement, elle se sentait reposée du voyage qui l'avait amenée du Cap à Miami. Et son moral était meilleur que les jours précédents. Elle allait pouvoir agir. Enfin !...

Elle avait longuement réfléchi durant ces heures passées en avion.

Après son dernier rendez-vous au Cap avec Villié, elle avait eu une idée qui vieillissait bien au fur et à mesure que les heures s'écoulaient.

Le sac de voyage, dans un coin de la chambre semblait lui dire : "Vas-y ! Tu brûles !...
Il contenait les clubs que Villié lui avait rendus avant son départ du Cap. Des *"Ping"*. Ceux avec lesquels elle avait joué. Elle avait vérifié et reconnu certaines traces sur les fers 5 et 7 ainsi que sur le sandwedge. C'était ceux qu'elle avait le plus utilisés.

Pourquoi, après les avoir récupérés, Villié les lui avait-il rapportés deux jours après ? Ces clubs jouaient certainement un rôle important dans la mission qui lui était confiée et dont elle ignorait presque tout. Ainsi, elle ne devait pas les subtiliser, mais elle pouvait les substituer. Il lui suffisait d'acheter une série identique, de la même marque, dans n'importe quel magasin d'articles pour golf. Et elle avait le choix à Miami, localité où la densité de parcours de golfs, et donc de commerces d'articles pour ce sport, est plus grande que partout ailleurs au monde.

Elle plaça les clubs dans l'armoire, prit avec elle le sac de golf vide et sortit de sa chambre.

L'air était doux et le soleil tropical semblait bien accroché dans un ciel bleu qui allait jusqu'à ignorer l'existence d'un seul nuage. Au volant de son cabriolet, elle prit par le Venetian Causeway pour se rendre dans le centre de Miami. Elle n'eut aucun mal à acheter une série *"Ping"* identique.

Ensuite, elle se rendit près de Margate à une quarantaine de kilomètres au Nord de Miami. Elle connaissait un parcours de golf où elle avait joué quelques années avant. Elle passa sa journée sur le parcours, malmenant volontairement les clubs, allant jusqu'à frotter les shafts avec de petits cailloux et un peu d'eau afin de les rayer par endroits. Elle fit de même avec du sable pour les grips.

Ainsi, Villié ne s'apercevrait de rien dans l'immédiat, lorsque demain à leur rendez-vous au golf, il lui demanderait certainement de lui rendre la série.

Très bien, mais après que se passera-t-il ? En revenant vers Miami, elle se posa soudainement la question. Et que cherchait-elle en agissant ainsi ? Pourquoi se compliquait-elle l'existence en troublant le déroulement d'une opération pour laquelle on la rémunérait largement ? Trop même ! C'était d'ailleurs ce qui lui faisait douter de l'honnêteté de Villié. Elle n'avait aucune raison de lui faire confiance. Ne serait-ce que pour le principe, elle ne se serait pas pardonnée que, demain, il lui dise simplement "au revoir et merci".

Elle devait se protéger et avoir quelque maîtrise sur les événements.

Elle avait aujourd'hui la certitude que les clubs étaient un des éléments majeurs dans la transaction du Consortium. De quelle manière ? Elle n'en avait pas la moindre idée. Ce dont elle était sûre, c'est qu'en les gardant auprès d'elle, elle aurait une carte maîtresse dans son jeu, au cas où Villié s'aviserait de vouloir lui jouer un mauvais tour.

Si tout se passait bien, comme malgré tout elle l'espérait, elle lui rendrait alors la bonne série sans chercher à en savoir davantage.

Le seul risque qu'elle prenait était, au pire, une bonne colère de Villié à ce moment-là. Mais de ça, elle s'en moquait.

Cependant, elle avait hâte que cette histoire se termine.

Sa nuit lui parut longue. Elle s'endormit très tard et son sommeil fut perturbé par de mauvais rêves, prémonitions à la journée qui devait suivre.

Il était à peine neuf heures lorsque Gilbert Lassaigne quitta l'hôtel Marriott.

D'un téléphone intérieur dans le hall, quelques instants avant, il avait appelé la chambre de Villié. Simplement pour s'assurer de la présence de celui-ci. Puis, après avoir raccroché sans un mot, il avait mis le cap pour Key Biscayne. Il fit la route paisiblement, assuré d'être le premier au rendez-vous, auquel personne ne l'avait convié.

Sur place, après avoir dissimulé sa voiture, il profita de son avance pour contrôler une nouvelle fois le contenu du sac de sport à coté de lui.

Il en sortit un revolver, sur lequel il vissa le silencieux. Après avoir examiné le chargeur, il replaça l'arme dans le sac. A priori, il n'aurait pas à l'utiliser, mais il devait tout prévoir. Son plan était simple. Il l'avait conçu en tenant compte de l'endroit isolé où il devait se dérouler.

Sous la menace de son arme, il passerait les menottes aux deux hommes, en les mettant dos à dos. Ensuite, il les chloroformerait. Il ne lui resterait plus alors qu'à récupérer l'argent et la marchandise, puis quitter les lieux.

Le masque de Mickey, acheté la veille dans un bazar, le rendrait méconnaissable. Simple précaution, si toutefois il devait rencontrer ses interlocuteurs dans l'avenir.

En moins de cinq minutes, l'opération serait menée à bien, sans casse, et surtout avec toute la discrétion souhaitée par Tanberg.

Le Consortium ne devait pas être tenu pour responsable de quoi que ce soit dans ce mauvais coup, où cependant il tirait toutes les ficelles... et les profits ! Pour tous, les seuls coupables ou responsables, -c'était synonyme dans ce genre d'affaires- ne pourraient être que Villié et Wiltran. Et Tanberg, à ce moment-là, ne donnerait pas cher de leurs peaux !

Le gros Lassaigne s'extirpa de sa voiture, prit le sac et se dirigea lentement vers la cabane de chantier qu'il avait repérée la veille.

Il entra et referma la porte. Les planches de guingois de la construction provisoire, offraient de larges interstices qui lui permettaient de tout voir sans être vu.

Sur cette route qui mène uniquement au phare de l'île, la circulation était inexistante, et le temps lui parut long enfermé dans ce réduit où il avait trop chaud.

Il était à son poste d'observation depuis trois quarts d'heure environ, quand une Chevrolet blanche s'arrêta sur l'emplacement, près du panneau. Il reconnut Raymond Villié qui en descendit, portant un sac de golf. Sans hésiter, celui-ci pénétra sur le parcours, et se dirigeant vers la droite, disparut derrière un monticule.

Lassaigne n'avait pas prévu ça. Le bosquet, lieu présumé du rendez-vous, se trouvait à gauche. Il avait vérifié hier. Pourquoi Villié prenait la direction opposée ?

Et maintenant, il venait de le perdre de vue. Il allait sortir de la cabane et tenter de le suivre, lorsqu'une voiture roulant très doucement arrivait sur les lieux. Elle stoppa et se rangea à côté de la Chevrolet. Un homme en costume beige sortit. Il semblait hésiter, fit quelques pas en direction du golf, revint vers la voiture, et ouvrit le coffre pour en sortir une sacoche qu'il prit avec lui.

Lassaigne se sentit rassuré. Il avait devant lui Harry Wiltran qui se dirigeait calmement vers le petit bois. De sa cachette il jubilait : les deux hommes étaient au rendez-vous.

Il se donna alors cinq minutes avant de passer à l'action.

Jessie avait bien roulé, de Miami Beach à Key Biscayne. Elle était en avance sur l'heure fixée par Villié.

La route longeait l'océan et le soleil déjà haut, chauffait doucement sa peau. Elle ne regrettait pas d'avoir loué un cabriolet : ainsi, elle avait l'impression d'être en vacances et cela aidait à sa décontraction. Si elle avait eu quelque hésitation hier à substituer les clubs, elle se félicitait ce matin d'avoir maintenu ce plan.

Le hall du club house grouillait de gens aux discussions plus bruyantes qu'importantes. Certains piaillaient en se pressant autour d'une grande table, où différentes boissons, brioches et petits pains étaient l'objet de leur unique préoccupation.

Elle dut se faufiler entre des groupes compacts et sonores pour atteindre le comptoir d'accueil. La préposée à la réception fut presque heureuse d'avoir à établir son green-fee. Pendant trois minutes, elle allait pouvoir souffler. Les autres se débrouilleraient sans elle :

- Un congrès de psychiatres, lui dit-elle dans un râle. Cent-vingt ! Depuis trois jours ! Et le matin je suis seule pour le service, le téléphone, les entrées, les pauses-café... Demain c'est terminé, sinon ils auraient eu un véritable cas de folie à traiter sur place !...

Jessie quitta le hall et retrouva le calme du parcours.

Elle se dirigea sans plus attendre vers le trou numéro 13.

Selon le plan du parcours, elle devait traverser plusieurs fairways. Ce qu'elle fit, prenant garde de pas gêner les rares joueurs présents en cette fin de matinée. Bientôt, elle aperçut le drapeau du green numéro 12. À quelques mètres se trouvait le départ du 13. Comme elle s'en approchait, un joueur qui terminait son swing, suivit des yeux sa balle, remit rapidement son bois dans le sac, et s'élança impatient sur le fairway.

Elle eut à peine le temps de poser son sac à terre, que Villié arrivait sans qu'elle s'aperçoive d'où il était venu.

Il était nerveux, pressé et prit à peine le temps de la saluer. Visiblement, il ne souhaitait pas qu'on les vît ensemble.

Il marmonna rapidement :

- Bonjour ! Je prends votre sac. Prenez le mien !... Appelez-moi vers quinze heures aujourd'hui, à l'hôtel Marriott de Miami. Nous devons nous revoir, avant votre départ, demain.

Sans qu'elle puisse dire un mot, il partit à grandes enjambées.

Interloquée par la rapidité de leur entrevue, elle resta immobile quelques instants. Elle aurait fait de même pour une balle qu'elle venait de frapper et qu'elle ne voulait pas perdre. Ses yeux suivirent Villié jusqu'au moment où il entra dans le bosquet en bordure du fairway, cinquante mètres plus loin.

Alors qu'il disparaissait dans le rough, elle prit le sac et se mit à marcher rapidement dans sa direction.

Plus elle pénétrait dans le boqueteau, plus les arbustes et fourrés s'épaississaient. Une clairière révéla un coin de ciel bleu.

Villié était là et semblait attendre.

Par réflexe, Jessie se dissimula derrière un buisson d'arbrisseaux, lorsqu'un homme, que Villié avait l'air de bien connaître, arriva.

Jessie était à une dizaine de mètres d'eux et ne put comprendre tout ce qu'ils se disaient. Approcher, aurait certainement révélé sa présence. Elle n'y tenait pas pour le moment, préférant attendre la suite de leur conversation.

Elle vit l'inconnu sortir deux grosses enveloppes kraft d'une sacoche de cuir. Il les donna à Villié qui les ouvrit et en retira plusieurs liasses de billets. Sans les compter, il les remit dans leurs enveloppes, et se livra ensuite à un exercice étrange sous le regard intrigué de l'autre homme.

Muni d'un cutter, il coupa et jeta à terre l'embout du grip d'un club qu'il avait pris au hasard dans le sac. Il retourna le club au-dessus d'une bourse de toile blanche, comme pour en vider le contenu. Comme rien ne sortait du tube, il eut alors l'air étonné, secoua plus fortement le club en tapotant l'autre extrémité, mais sans succès.

Agacé, il prit un deuxième club et refit la même opération, avec le même résultat.

Le regard étonné de l'autre changea et devint inquiet, un brin soupçonneux, ne comprenant rien à ce manège.

Alors, Villié devint furieux.

Sans conviction, il prit un troisième club, recommença son numéro et explosa.

Aux gestes qu'il faisait, Jessie comprit qu'il tentait maintenant d'exprimer à son interlocuteur qu'il y avait maldonne ; qu'à l'intérieur des shafts il aurait dû trouver ce qu'il était en droit d'attendre pour l'avoir placé lui-même.

Jessie réalisa alors que l'explication qu'elle aurait avec Villié risquait d'être très orageuse, si elle attendait encore pour se montrer et raconter sa petite histoire. Il risquerait même d'oublier certaines formules de politesse et ne plus du tout se montrer gentleman. D'autant que l'inconnu en face de lui, avait sorti de sa poche un calibre du genre 7,65 qu'il tenait fermement dans la main droite, et qu'il pointait dans la direction d'un Villié, pâle de colère. Avec ça, il n'avait pas l'air de vouloir se poser trop de questions, ni de plaisanter. Le numéro de passe-passe de "Raymond le magicien" avait fini de lui plaire...

Elle devait agir, et vite, afin que cet entretien ne se termine pas trop mal.

Elle n'avait pas de raisons précises pour que Villié ait réellement de gros ennuis à cause d'elle, de sa méfiance et son incorrigible curiosité.

Elle s'accorda une profonde respiration et décida qu'il fallait sortir rapidement de sa cachette. Pour expliquer son comportement, elle tenterait de s'en tirer par une pirouette, en leur disant qu'elle reconnaissait avoir fait une mauvaise plaisanterie : elle ne savait pas ce que contenaient les clubs et elle ne voulait pas le savoir. Tout rentrerait dans l'ordre quand elle leur rendrait les vrais clubs qui attendaient dans l'armoire de sa chambre à l'hôtel. Du moins l'espérait-elle. Au mieux, elle passerait pour stupide, au pire..., elle comptait l'éviter !

Elle s'apprêtait à quitter le buisson qui la dissimulait, lorsque déboucha des fourrés, face aux deux hommes, une masse imposante à tête de Mickey, semblant sortir tout droit d'une parade de Disney World et qui tenait un long revolver devant lui leur ordonnant brutalement de lever les mains.

Harry Wiltran n'eut pas l'air très étonné par cette apparition insolite. Il était de ces hommes qui ont certaine inquiétude avant les événements, mais font preuve de flegme et de sang froid dans l'action.

Aussi, dit-il simplement sur un ton désabusé mais ferme :

- Bien joué Villié ! Le coup des clubs de golf, ça fait passer le temps en attendant son complice...

Villié n'eut pas le temps de répondre.

Touché en pleine poitrine, il s'écroula dans la seconde qui suivit, alors que résonnait encore le coup de feu que, tout en parlant, Wiltran venait de tirer.

D'un même geste rapide, il pointa alors son arme sur le gros Mickey. Mais avant qu'il n'ait pu tirer une seconde fois, il fit un roulé-boulé et s'immobilisa à terre après un double "pop" chuinté. "Gros Mickey" avait réagi et pour sa sauvegarde avait tiré plus vite, deux fois sur lui.

Il ôta ensuite calmement son masque de souris, et ramassa les deux enveloppes kraft qu'il remit dans la sacoche. Puis, il continua d'explorer le lieu, cherchant visiblement quelque chose.

Il prit les clubs un à un et après les avoir jetés à terre, regarda au fond du sac de golf et dans les soufflets latéraux.

Il vint ensuite vers Villié et se mit à lui fouiller consciencieusement les poches.

C'est alors que Jessie, témoin bien involontaire de la scène, décida de faire le plus beau coup de golf de sa carrière.

Quand elle avait vu Villié s'écrouler, Jessie crut tout d'abord qu'elle allait se mettre à crier très fort et qu'ils allaient l'entendre. Mais elle eut tellement peur, lorsqu'au même instant le second homme tomba à son tour, que son cri lui resta dans la gorge.

Elle était paralysée, se demandant soudainement, sans raison, si son tour n'allait pas venir tout de suite après. Malgré la chaleur de cette fin de matinée, elle eut soudain très froid. Un froid malsain qui envahit tout son être jusqu'à la moelle des os.

Quand Lassaigne ôta son masque, c'est à peine si elle s'aperçut d'un changement en découvrant son visage, tellement sa vue se brouillait.

Petit à petit, elle se calma, constatant que l'homme ne soupçonnait pas sa présence, occupé à fureter près de l'endroit où les deux autres gisaient.

C'est lorsqu'il se mit à fouiller les poches de Villié qu'elle prit conscience qu'elle pouvait agir. Son taux d'adrénaline monta au maximum et son esprit fonctionna à la vitesse de la lumière. En un éclair, elle tira de son sac le driver. Elle eut le temps de voir gravé en rouge sur la semelle *"Big Bertha Warbird"* et se dit qu'il était bien nommé pour ce qu'elle allait en faire.

Elle s'approcha de l'homme accroupi devant Villié et qui lui tournait le dos.

Sa tête affleurait la cime d'un petit buisson. Pour Jessie, cette tête ronde se transforma en une grosse balle blanche, posée sur un tee vert, au départ d'un long par 5 !...

Alors, elle se concentra, se plaça dans la meilleure disposition physique et mentale pour réussir son coup.

Ce fut un swing efficace et remarquable, seulement pour un non puriste : la tête de son bois en acier vint frapper à près de deux cents kilomètres-heure la base du crâne de Lassaigne. L'impact qui avoisina la tonne suffit non seulement à déséquilibrer le mastodonte, mais le mit tout bonnement knock-out !

Comme il ne bougeait plus, elle vint plus près de lui.

Un filet de sang coulait le long de son cou taurin. Elle eut peur de l'avoir tué, mais constata qu'il respirait encore et elle fut rassurée.

Sans plus attendre, elle prit la sacoche qui contenait les billets, puis quitta rapidement la petite clairière, devenue soudainement trop macabre à ses yeux.

Elle récupéra son sac de golf et jeta un regard furtif derrière elle. On ne voyait rien : les trois corps couchés étaient entièrement dissimulés par la végétation environnante.

Elle sortit prudemment du bosquet. Il n'y avait personne sur le fairway, ni sur l'aire de départ du trou numéro 13.

Coupant à travers le parcours de golf, elle marcha d'une allure tranquille pour revenir vers le club house qu'elle évita soigneusement. Elle se rendit directement au parking, mit la sacoche et les clubs dans le coffre, puis démarra en direction de Miami.

Moins de deux kilomètres plus loin, elle prit un petit chemin sur sa droite, et mit peu de temps pour stopper la voiture entre deux rangées de bouleaux.

Elle éprouvait un irrésistible besoin de s'arrêter pour faire le vide dans sa tête.

Lorsqu'elle voulut descendre de son véhicule, tout se mit à tourner et le sol s'avança vers elle.

Elle eut l'impression d'avoir dormi un siècle. Pourtant, ce ne fut pas le prince charmant qui la réveilla.

Dans sa tête résonnait ce qu'elle prit tout d'abord pour des coups de marteau sur une enclume.

En ouvrant un œil, elle aperçut le tracteur rouge, conduit par un paysan qui hurlait en agitant son chapeau de paille, pour mieux appuyer ses vociférations contre « le salopard de nom d'un chien d'automobiliste » qui l'avait obligé à se faufiler entre une ornière et sa putain de bagnole !...

Son premier réflexe fut de regarder l'heure à sa montre. Les chiffres indiquaient douze heures vingt et une minutes et des secondes qui clignotaient. Elle vérifia la date.

Ainsi, elle avait seulement perdu connaissance un quart d'heure environ.

Cela la rassura, et mis à part l'énergumène tractorisé, personne n'avait dû passer sur ce chemin menant nulle part.

Elle se releva péniblement, comme si elle sortait de la mélasse. C'est alors qu'elle revit le film de la matinée et qu'une formidable trouille rétrospective lui vint.

Elle se remit au volant, regagna la grande route et roula doucement. L'air tiède lui fit du bien. Progressivement, sa trouille se transformait en une crainte poisseuse qu'elle essayait de raisonner.

Risquait-elle d'être impliquée ou, pour le moins, questionnée comme témoin dans ce double meurtre ?... Mais qui l'avait vue ?... Personne n'était en mesure de faire un rapprochement entre elle et ces deux hommes ? Deux hommes... ou trois cadavres peut-être ?... Non ! Elle était sûre d'elle : celui qu'elle avait amoché respirait quand elle s'était approchée de lui. Et celui-là, quand il se réveillerait, n'irait certainement pas à la police, raconter ce qui lui était arrivé. Quand bien même on le découvrirait avant qu'il n'émerge de son coma, il n'avait pas vu d'où était venu le coup. De ce côté, elle n'avait rien à craindre.

La mort de Villié l'inquiétait beaucoup plus.

Mais après réflexion, elle pensa qu'un rapprochement entre elle et lui était quasiment impossible. N'avait-il pas tout fait pour qu'à aucun moment elle apparaisse à ses côtés en présence de témoins ? En Afrique du Sud, comme ici à Miami, personne ne les avait vus ensemble. A Paris, elle avait acheté elle-même ses billets d'avions et ils avaient voyagé séparément.

Et pour sa sécurité ne lui avait-il pas dit que les gens du Consortium ignoreraient jusqu'à son existence ?

Donc, personne, non personne, n'était au courant de cette mission qu'elle avait acceptée. Seule sa lettre à Julien expliquait qu'elle partait à la demande de Villié. Mais Julien ne dirait rien contre elle. Et de toute façon, elle serait à Paris avant lui. Comme elle l'avait prévu, elle récupérerait cette lettre dans le courrier chez lui, puisqu'elle avait les clefs de son domicile.

Rassurée sur ces points, elle pensa alors, que le plus urgent était de s'occuper des preuves matérielles en sa possession.

Les gestes de Villié lui revenaient précisément à l'esprit quand elle entra sur le parking d'un supermarché.

Après avoir récupéré les deux enveloppes kraft, elle jeta la sacoche dans l'une des bennes à détritus. Dans le magasin, elle acheta un cutter et un grand sac en simili cuir rouge.

Elle regagna l'hôtel et s'enferma dans sa chambre.

L'alternance du jet d'eau chaude et froide de la douche, calma ses nerfs et lui permit de remettre complètement en ordre ses idées.

Sans hâte, mais avec une furieuse envie de satisfaire sa curiosité, elle prit alors les clubs qui se trouvaient dans l'armoire.

Avec le cutter, comme elle avait vu faire Villié, elle coupa le haut d'un grip. De l'ouate blanche s'échappa du tube d'acier. Elle enleva cette sorte de bouchon et renversa le shaft vers le sol.

Une vingtaine de pierres, transparentes ou colorées, tombèrent à ses pieds sur la moquette. Diamants purs et pierres précieuses brillèrent alors devant elle, jetant des soleils dans ses yeux et sur ses cheveux.

Elle répéta son geste autant de fois qu'il y avait de clubs, et dans les treize autres de la série, elle trouva autant de pierres et diamants.

Elle n'était pas une spécialiste dans ce genre de marchandise, mais elle se doutait qu'il y en avait pour énormément d'argent.

Elle resta un moment, assise sur le lit, songeuse et fascinée par ce tas de cailloux, puis se décida à ouvrir les deux enveloppes kraft.

Mécaniquement, plus que méthodiquement, elle compta les liasses de billets verts. Chaque liasse avait deux cents billets de cent dollars. La première enveloppe contenait cinquante liasses et la seconde le même nombre. Cent liasses au total. Deux millions de dollars !... Deux millions de dollars : le montant de la transaction du contenu des clubs.

C'est alors seulement qu'elle réalisa que tout cela pouvait être à elle, uniquement à elle. L'argent et les diamants !

Pour une fois, elle aurait "le beurre et l'argent du beurre". Bien qu'elle la trouvât habituellement stupide, cette expression lui vint à l'esprit malgré elle et la fit sourire.

Il lui suffisait de tout vouloir garder et ne rien dire. Faire taire sa conscience, bonne ou mauvaise, et n'écouter que son instinct. Instinct qui lui disait que sa galère parisienne pouvait se terminer aujourd'hui. Qu'elle n'aurait plus à attendre le bon vouloir d'une société d'égoïstes pour se faire une situation, que jamais plus elle serait obligée, par nécessité, d'assister à ces soirées qui en fin de compte lui déplaisaient. Instinct qui la fit se tordre d'un rire qui ressemblait étrangement à une crispation ou à une détente nerveuse. Instinct prémonitoire d'une vie qu'elle apercevait maintenant sous une arche de soleil, brillant pour elle et les êtres qu'elle aimerait. Instinct qui lui soufflait du bonheur et lui faisait chaud au cœur...

Qui avait dit encore stupidement "l'argent ne fait pas le bonheur" ? Est-ce que celui-là ou celle-là en avait seulement eu, de l'argent, sinon du bonheur ?...

Non, vraiment, elle ne voulait plus se poser de question sur ce qui lui restait à faire.

Elle mit les pierres dans un sachet en plastique qu'elle plaça ensuite avec l'argent dans la sacoche. Puis, elle s'habilla et sortit, déterminée, l'air satisfait.

La première banque qu'elle rencontra sur Collins Avenue fut la bonne.

Elle ouvrit un compte à son nom sur lequel elle versa cinq mille dollars. Puis, elle loua à l'année un coffre où elle enferma la sacoche. L'argent et les pierres étaient maintenant en sécurité. Tout lui paraissait si facile.

Pourtant, elle ne se sentait pas encore l'esprit totalement libre.

Elle voulait savoir les réactions que provoquerait la découverte des corps au golf.

Pour cela, il lui fallait attendre les quotidiens demain matin, à moins que, dès ce soir, les télévisions locales relatent l'événement dans leurs bulletins de dernière heure...

L'après-midi n'en finissait pas et les premières informations qu'elle aurait sur l'affaire ne seraient pas avant vingt et une heures, au mieux. Alors, pour tromper cette attente, elle décida d'aller jusqu'à l'aéroport pour faire modifier son billet de retour.

Elle prit la direction de Miami centre par la Mac Arthur Causeway, puis l'expressway et bifurqua vers l'un des parkings de l'aéroport.

Dans le bâtiment des départs intercontinentaux, au comptoir Air France elle fit changer la date de son retour en réservant ferme pour le vol vers Paris lundi soir. Elle estima qu'afin d'être rassurée, ces quatre prochains jours lui permettraient d'en apprendre suffisamment par les journaux et la télévision sur ce qui la préoccupait.

Elle était encore dans le hall de l'aérogare, quand son regard croisa celui d'un homme qu'elle reconnut. C'était le mastodonte qu'elle avait assommé le matin même.

Elle ne l'avait pourtant pas vu longtemps de face, mais elle l'identifia instantanément.

Une décharge électrique parcourut tout son corps. Elle faillit rester sur place, puis voyant que l'homme regardait dans sa direction, elle continua de marcher vers lui. Lorsqu'elle fut assez près, elle remarqua un énorme pansement côté gauche de sa tête. Ce détail seul suffit à lui confirmer qu'il s'agissait bien du même homme.

Il ne fit pas attention à elle, ce qui la tranquillisa, bien qu'elle n'ait rien à craindre de ce côté-là, l'homme ne l'ayant jamais vue.

Elle le vit pénétrer dans la salle d'embarquement où le vol Swissair à destination de Zurich était annoncé.

Elle fut de plus en plus rassurée : de toute évidence, l'homme n'avait pas signalé son agression à la police ni certainement pas la présence de deux corps à proximité du fairway au trou numéro 13 du golf de Key Biscayne... Sinon, il ne serait pas ici à prendre tranquillement un avion.

Il quittait le pays sans faire de bruit, sans être inquiété et sans inquiéter quiconque. Ses ennuis viendraient vraisemblablement plus tard. C'était son affaire... qu'il se débrouille !

Jessie, sur ce coup-là, avait fait un véritable "trou en un" !...

Quand elle ressortit de l'aérogare, il faisait nuit ; mais elle avait en elle un soleil qui lui chauffait le cœur et illuminait ses pensées ; lesquelles devenaient de moins en moins tourmentées au fur et à mesure que les heures passaient.

Comme elle rejoignait Miami Beach, du haut de la digue du Mac Arthur Causeway, elle se débarrassa des sacs et des clubs compromettants en les jetant dans les eaux noires de Biscayne Bay.

Dans sa chambre, elle ne manqua aucun des flashs d'informations à la télévision. Mais ni au journal de début de soirée, ni à ceux de dernière heure, il fut fait mention de "son" événement. Tous étaient préoccupés de savoir si le cyclone Willy, qui se développait au large des Bermudes allait ou non toucher les côtes de Floride.

Tôt le lendemain matin, elle acheta les principaux quotidiens locaux.

Pas un ne parlait d'une découverte macabre sur un terrain de golf. Cela ne l'étonnait pas vraiment, car à moins de rechercher une balle perdue -très maladroitement frappée-, peu de joueurs devaient prendre plaisir à se promener dans ces taillis touffus qui bordaient le fairway. Et il en serait de même aujourd'hui, surtout avec les orages violents qui avaient débuté dans la nuit.

En cela, elle se trompait. Ce fut précisément à cause de ces orages que les corps furent découverts assez rapidement.

Elle eut l'information par le journal télévisé local de dix-neuf heures.

Sur un fond d'images cuts, où les gyrophares multicolores d'ambulances et de voitures de police clignotaient dans la pénombre, tels des lumignons de sapins de Noël, le reporter interviewait en direct le green-keeper qui avait fait la macabre découverte.

En fin d'après-midi, il s'était rendu près du bosquet, où un gros arbre avait été frappé par la foudre, et menaçait de tomber sur le fairway.

C'est en rejoignant la route par le petit bois, qu'il avait vu les corps.

Selon les premiers éléments d'enquête sur place, le reporter concluait que ce double meurtre devait remonter à quelques jours et qu'il s'agissait peut-être même d'un règlement de comptes.

Cette émission lui fit l'effet de boire une forte et agréable liqueur : chaque fibre de son corps se remplissant progressivement de bien être.

Elle avait maintenant, et seulement maintenant, la certitude que Villié était mort. Et lui seul, sur certains points, aurait pu lui demander des comptes et l'inquiéter. Bien qu'elle déplorât cette mort, elle fut paradoxalement soulagée et heureuse d'en apprendre la confirmation.

"Des balles pas perdues pour tout le monde au golf Biscayne !" titrait samedi matin le "Miami Herald Tribune".

Une photo, montrait l'emplacement où les deux corps avaient été trouvés la veille en fin d'après-midi.

Au stade de l'enquête, l'identification des corps n'avait pas encore été établie.

Il était seulement question dans l'article, que Jessie lut et relut, de deux hommes abattus avec un revolver par une troisième personne en fuite. Peu de traces significatives ou indices avaient pu être relevés à cause des coulées de boue provoquées par les violents orages. L'hypothèse d'un règlement de comptes n'était toujours pas écartée et la présence, à proximité du lieu du drame, de clubs de golf détériorés, restait encore un mystère.

Plus tard, par la télévision locale et les journaux du dimanche, en pages intérieures, elle apprit que la police avait identifié les deux hommes grâce aux voitures de location stationnées depuis plus de deux jours aux abords du golf. Il s'agissait de Messieurs Harry Wiltran, américain né à Paterson dans le New Jersey, domicilié à Manhattan, New York City, et de Raymond Villié, français domicilié à Paris.

Les raisons de la présence des deux hommes sur le terrain de golf n'étaient pas encore établies. On pouvait supposer qu'ils avaient tous deux rendez-vous avec un troisième personnage non identifié. Que toute personne pouvant fournir un renseignement quelconque était priée de se mettre en rapport avec la police de Miami le plus rapidement possible.

Pour Jessie, ces informations n'apportaient qu'un élément nouveau : l'homme avec lequel Villié avait rendez-vous s'appelait Harry Wiltran.

Mis à part ce nom qu'elle ne connaissait pas, elle n'apprit rien de plus ce jour-là. D'ailleurs, elle en savait plus sur ces meurtres que n'importe quel enquêteur, même si elle en ignorait certains éléments qui les avaient provoqués.

Le jour suivant, elle dut chercher en page locale du "Miami Herald Tribune" l'article sur deux colonnes, sans photo, qui relatait la suite de l'enquête sur ce qui était déjà banalement titré "Le double-meurtre du golf : pas de témoins, peu d'indices".

D'après le journal, l'enquête était rendue difficile par l'absence de témoignages valables. De plus, les fortes pluies de ces trois derniers jours avaient effacé toutes traces susceptibles de fournir un début de piste. Le seul fait nouveau était la découverte du revolver qui avait servi à abattre le français, et portait les empreintes de l'autre homme abattu. Ce dernier, pour sa part, avait reçu deux balles dans la poitrine, balles qui provenaient d'une arme introuvable.

La thèse d'un troisième personnage semblait ainsi se renforcer et l'enquête s'orientait vers les milieux fréquentés par les deux hommes.

Il semblait exclu de pousser plus avant des recherches dans le milieu golfique, les employés du golf interrogés n'ayant jamais vu les deux hommes.

L'endroit avait uniquement servi de lieu à un rendez-vous qui avait mal tourné.

"Gros Mickey", à moins d'être un familier de l'un ou l'autre des deux hommes, allait bien s'en tirer, pensa Jessie.

Quant à elle, il lui suffirait d'oublier cet épisode de sa vie et classer l'affaire, comme tout le monde le ferait dans quelque temps...

Dans l'avion qui la ramenait vers Paris, Jessie était totalement sereine et même radieuse. Elle qui avait voulu de l'action pendant ces quelques jours avait été servie au-delà de ses espérances.

Elle allait récupérer la lettre laissée à Julien en cas de problème avec Villié et dans trois jours, elle serait avec lui. Comme il lui avait promis, elle adorerait qu'ils prennent quelques jours de vacances ensemble, n'importe où, mais tous les deux.

Puis elle attendrait le début du printemps, la saison du renouveau. Elle l'inviterait alors à la suivre vers d'autres horizons, sans se poser de questions. A tout liquider de sa vie actuelle, pour vivre ensemble une nouvelle vie. : peut-être un tour du monde fait de photos et films qu'ils pourraient vendre à des chaînes de télévision, uniquement pour le plaisir… la course aux clients était bien finie.

Peut-être qu'un jour, en partageant une partie de golf, elle lui raconterait toute l'histoire… et même ce qui s'était passé près du fairway…